TU

Envolume
Des auteurs pour des lecteurs

Ève Chambrot

Tu

Ça rabote.
Ça mine, ça ronge.
Ça use.
Les mots rabotent, rongent. Ils ont ce pouvoir. Ils tarabustent sous la surface des choses. Ils vous transforment en l'ombre de vous-même. Ou parfois en quelqu'un d'autre.

Caressants à l'inverse, ils font briller l'argenterie de votre ego. Ils endorment, rassurent, consolent. C'est selon. Le problème, c'est que l'on ne choisit pas. Les autres disent bien ce qu'ils veulent. Et après c'est trop tard : les mots sont prononcés. Tu connais ça par cœur, depuis le temps.

Tu l'as rencontré chez des amis musiciens. Des soirées où l'on buvait pas mal, quoique de manière élégante. C'est lui que tu as vu en premier, en pénétrant timidement dans le salon : tu ne sais jamais comment arriver, ni comment partir d'ailleurs. Il fumait, observant les autres avec une moue nonchalante. Il dominait le groupe par sa stature, Il intriguait par son silence, Il irradiait. Une prestance lumineuse, une classe folle, et toi, aveuglée dès la première seconde. Les autres femmes le regardaient de biais. À un moment ou un autre de la soirée, la plupart d'entre elles étaient venues bourdonner autour de lui, un verre à la main. Il semblait trouver ça tout à fait naturel : Il régnait. Toi, tu l'observais depuis la cuisine, incapable de te joindre au groupe excité qui l'entourait. C'est pourtant vers toi qu'il s'était dirigé ensuite, te demandant pourquoi tu restais seule, debout devant l'évier. Tu n'en revenais pas. Surtout ne pas lui déplaire, avais-tu pensé brièvement. À cet instant-là, tu ne savais même pas qui Il était, sinon tu aurais perdu tout courage. Vous avez quitté la soirée ensemble et Il t'a raccompagnée dans une invraisemblable voiture couleur sang qui vrombissait comme un avion.

Fin de la scène 1 : les anges et le paradis, les trompettes, le nectar, les dorures.

Tu n'arrives pas à croire au miracle : cet homme brillant, entouré, pourchassé même, c'est toi qu'il a choisie parmi la cohorte. Il va falloir le mériter. Surtout ne pas le perdre.

Trois mois passent. Trois mois légers, vaporeux, comme la robe à larges fleurs que tu portais cet été-là et qu'Il aimait froisser sur le cuir de la banquette arrière. Aucune fausse note, l'éden toujours, à la fois ouaté et brûlant. Tu as déjà oublié ta solitude passée, tu te sens forte depuis qu'Il est là.

Un après-midi d'automne, dans sa chambre. C'est du sexe comme tu l'aimes, une peau sur une peau, et même lorsqu'elles ne se touchent pas, pas encore, la tension du désir. Vers seize heures, on sonne. Il va ouvrir pendant que tu te rhabilles. Il revient une minute plus tard, juste pour prononcer quelques mots dans l'entrebâillement de la porte : Reste ici, je n'en ai pas pour longtemps. Une heure passe, tu n'oses plus apparaître maintenant, il est trop tard. Tu ne saurais quelle contenance prendre, et tu ignores totalement qui sont les visiteurs. Alors que tu commences à perdre patience, Il se glisse dans la chambre, l'air amusé, l'index sur la bouche : Chhhhhh... Il t'apporte du chocolat et des raisins noirs. Tu lui dis que la situation te met mal à l'aise, Il murmure : Moi ça m'amuse, tu es comme un petit chat que je viendrais nourrir… Tu ne sais plus quoi penser : un jeu amoureux ou une humiliation subtile ? Tu te dis qu'il ne faut pas être trop orgueilleuse et tu patientes quarante-cinq minutes encore, jusqu'à ce qu'Il revienne, satisfait de lui : Ils sont partis. Vous reprenez les choses là où vous les aviez laissées. Le désir, ravivé en trois secondes. Tu flottes, légère, au-dessus de ton corps satisfait.

Rentrée chez toi, tu ne ressens pas tout à fait la joie qui te porte depuis que tu l'as rencontré. Il y a sous ta langue un arrière-goût fuligineux. Tu n'arrives pas à déterminer ce qui s'est joué exactement, ni si tu en étais victime ou complice. Tu détournes ton regard d'une impression qui te dérange.

Tout va bien, c'est ce que tu décides. Vous n'avez jamais rendez-vous, Il se présente toujours à l'improviste. Il appelle pour dire qu'Il arrive dans cinq minutes, ou sonne à la porte sans s'annoncer. Tu es soulagée à chaque fois : Il revient. Mais tu commences à vivre dans l'attente. Tu n'entreprends plus rien qui ne puisse être interrompu sans dommage. Tu te tiens en permanence prête à le recevoir, appartement net, maquillage impeccable, épilation parfaite. Tu trimballes ton téléphone partout, à la salle de bains, aux toilettes, et même pour parcourir à toute allure les cinq étages qui séparent ta porte d'entrée des boîtes aux lettres. Tu vérifies sans cesse qu'il n'est pas éteint, tu augmentes le volume de la sonnerie. Tu écourtes les conversations avec tes amis venant aux nouvelles. La ligne doit rester libre. Toi, tu sembles l'être moins mais tu penses que c'est ton choix, un collier que tu aurais accepté, ou tout simplement un prix à payer pour les moments de paradis. Tu notes ce que tu vas lui dire quand tu décrocheras, tu cherches des choses intelligentes, des anecdotes, tu as peur du silence, peur qu'Il te trouve bête, qu'Il soit déçu. Qu'Il te quitte.

Il tarde à appeler. Ta liste des choses à dire s'allonge, devient obsolète. Tu déchires tout, en recommences une autre.

Parfois, Il ne vient pas. Pendant plusieurs jours. Tu n'oses pas lui téléphoner : Il doit se sentir libre, et toi, tu dois être certaine de son désir. Quand Il est là, la joie pourpre, le feu à nouveau. Sa beauté te bouleverse, le grain de sa peau te torture, ses attentions te comblent. C'est certainement ça, l'amour. Tu es chaque jour plus étonnée que la veille de ce qui t'arrive : un homme connu, entouré, un artiste de renom, et c'est toi qu'Il aime.

Surtout ne pas lui déplaire.
C'est ce que tu t'es dit, à la première seconde.
Pas lui plaire, non. Ne pas lui déplaire.
Tout était déjà joué, mais tu l'ignorais.

Un samedi, tu l'accompagnes au mariage de son cousin, un grand mariage te prévient-on : trois cents invités, dix musiciens sur scène, traiteur à la mode et longue pergola de toile blanche installée sur la pelouse. Tu tentes de cacher ton appréhension : tu ne connais personne, à part lui. Votre arrivée ne passe pas inaperçue, on attendait la vedette. Il s'avance seul pour pirouetter plus à l'aise au milieu des photographes et te laisse bras ballants au milieu de l'allée. Tu le suis, gênée. Il commence à faire le tour de ses connaissances – sans te présenter à quiconque – et s'éloigne peu à peu. Pas grave, te dis-tu, Il va revenir, Il va m'inviter à danser, ou m'apporter un verre. Mais Il n'était pas revenu. Il s'était enfoncé dans la foule jusqu'à disparaître complètement. De loin en loin, tu voyais la tache de son costume clair se détacher sur le noir des robes de soirée. Il virevoltait entre les tables, élégant, désinvolte, irrésistible.

À chaque tablée ou presque, il invite une femme à danser. Sur la piste, on s'écarte pour lui laisser de la place, on s'arrête pour le regarder faire, on applaudit. Il fait chaud. Ta colère mijote doucement. Une demi-heure passe, puis une autre, étrangement plus longue. N'y tenant plus, tu le rejoins, rompant le cercle ébloui qui l'écoute parler. Il ne remarque pas ta présence, tu dois l'attraper par le coude pour obtenir son attention : *Tu m'invites ?* Tu hurles dans le brouhaha, Il affiche un sourire cambré et t'entraîne sur la piste sans rien dire. L'orchestre joue une salsa, tu ne sais danser que la valse.

Tu aurais dû y penser avant, ma petite.

Tu lui marches sur les pieds pendant de longues mesures, ne comprenant pas à quel moment il faut avancer ou reculer : il y a quelque chose qui t'échappe. Il regarde la salle par-dessus ta tête, échange deux ou trois mots avec les couples voisins. Il prend son mal en patience. Puis, Il s'écarte et te plante là avant que le morceau ne finisse, t'abandonnant, sang aux tempes et mains pendantes, au centre de la piste. J'ai quelqu'un à voir jette-t-Il à ton oreille. Trente secondes plus tard, toujours immobile à la place où la sidération t'avait engluée, tu le vois passer, tournoyant avec une femme splendide en robe de taffetas violet. Ses pieds ne marquent jamais la moindre hésitation et elle semble connaître toutes les figures : Il s'amuse, enfin. Ils virevoltent avec grâce, comme un couple de patineurs à la finale d'une compétition. Ce n'est pas la première fois qu'ils dansent ensemble, c'est évident, mais tu écartes cette idée d'un soupir. Le taffetas violet finit à la renverse, nombril offert, lui penché au-dessus sous les applaudissements. Tu retournes t'accouder au bar, commandant verre sur verre pour te donner une autre allure que celle du dépit. De temps à autre, tu vas fumer une cigarette ou vérifier ton rouge à lèvres puis tu reviens au bar et tu recommences, commander, boire, fumer, vérifier. Tu penses à partir, prendre un taxi, ne plus jamais donner de nouvelles, mais tu n'en fais rien. Les danseurs tanguent désormais sans trop se soucier de la musique, les mariés ont disparu depuis longtemps, les tables se vident. Enfin, Il surgit devant toi : *On y va*. Dans la voiture, tu gardes le silence. Tu refuses d'endosser le mauvais rôle : celle qui râle, celle qui ne comprend pas, celle qui s'impatiente. Et surtout, surtout, tu as trop peur qu'Il se fâche, qu'Il s'en aille. Le lendemain, tu décrètes son innocence : Il connaissait tout le monde, Il avait bien le droit de s'amuser. Le temps avait passé très vite pour lui, et Il n'avait pas vu ta silhouette coincée entre le bar et le vestiaire, un verre vide à la main. Un point c'est tout. Tu as parfaitement entendu le bruit du premier cliquet bloquant la sangle avec laquelle Il te tient déjà, mais tu choisis de continuer.

Aucun incident n'entache les mois suivants, tu te rassures : une broutille, un accroc. Un accident, vite oublié. Le temps file, frais et pétillant comme le champagne que vous buvez à toute heure. Tu passes toutes les fins de semaine avec lui, le plus souvent Il t'emmène dans la capitale, où on le réclame. Tu rencontres des gens connus, des journalistes, des écrivains, des musiciens surtout. Tu assistes aux répétitions, on t'accueille dans les loges, tu n'en reviens pas d'être là, avec ces gens. Au bout de quelque temps, ils te reconnaissent, te saluent gentiment, tu te sens exister. Tu dépenses beaucoup d'argent mais tu décides d'y penser plus tard. Un soir, Il t'emmène au casino, pour toi c'est la première fois. Tu ne joues pas, tu le regardes faire. Il perd tout ce qu'il a en une seule mise, Il rit, Il dit que ce n'est pas son jour. Vous rentrez, Il fredonne dans le taxi en caressant ton genou. À l'hôtel, vous buvez un dernier verre. Sur la mappemonde décorant le bureau Empire, Il te montre les endroits où il a déjà joué. Quand Il s'endort, tu restes éveillée, emboîtée derrière lui, tu respires entre ses omoplates son odeur poivrée.

De retour à la maison, tu dois t'organiser, rattraper ton retard, tu as des cours à préparer, des corrections de copies, parfois quelques démarches, des corvées. Tu profites de ses absences pour tout expédier. Tu manques de temps, mais tu entreprends de l'accompagner dans tous ses loisirs, au détriment des tiens que tu délaisses.

Pourtant, aucun ne te passionne véritablement : tu t'ennuies au golf, bâilles chez les concessionnaires de voitures sportives et trouves le temps long quand Il te laisse dans la voiture, au pied des immeubles où Il doit faire tu ne sais quelle course rapide. Quand Il te demande ce que tu voudrais faire, tu réponds : Ce que tu veux, l'essentiel est qu'Il soit heureux. Quand Il te laisse un choix tu souris : *Ça m'est égal,* l'important est qu'Il te trouve facile à vivre. Et quand Il suggère que vous fassiez ceci ou cela, tu dis : Avec plaisir. Tu es toujours d'accord. Tu peux gérer ton ennui, mais tu ne supporterais pas le sien. Son plaisir est le maître.

Un jour, tu ne sais même plus comment cela s'est fait, Il quitte l'appartement que des amis lui prêtaient et emménage chez toi. Cela t'a toujours étonnée qu'Il n'ait pas à proprement parler de domicile, mais tu n'as jamais posé de question. Depuis que tu l'accompagnes au casino, tu penses avoir un début de réponse mais tu te dis que cela ne te regarde pas. Tu lui donnes ton bureau, pour qu'Il puisse travailler son piano en paix, heureusement la pièce est immense, comme le sont d'ailleurs toutes les autres dans cet appartement ancien. Le déménagement du demi-queue au cinquième étage prendra plus d'une heure. Tu es heureuse deux fois : c'est aussi la musique qui vient s'installer chez toi. Tu corrigeras désormais tes copies sur la table de la cuisine, ce n'est pas important. Tu passeras de plus en plus de temps dans cette pièce : pour lui préparer à manger, pour travailler, pour fuir lorsqu'il regarde jusqu'à l'endormissement les programmes sportifs sur les chaînes du câble. Rien n'est grave, du moment qu'Il se sent bien.

Tu cesses de lire : quand Il est là, cela te semble du temps perdu, quand Il est absent tu n'arrives pas à te concentrer, tendue vers le temps qui passe et le retard du bruit de clé annonçant son retour.

Puis tu cesses de répondre en sa présence aux amis qui t'appellent : tu ne veux pas perdre une minute du temps qu'Il t'accorde. Tu les rappelles plus tard, tu donnes quelques nouvelles mais repousses les invitations : On verra, dis-tu, il faut que je regarde dans mon agenda. Tu t'arranges pour voir des gens quand lui est occupé ailleurs. Si ça ne tenait qu'à toi, tu ne verrais personne d'autre que lui.

Chaque jour est un exercice de renoncement.
Renoncement aux choses, aux gens.
À toi-même.

Les premiers mois, Il voyage peu. Vous êtes ensemble nuit et jour, vous ne faites rien de spécial, le temps passe comme ça et ce vide te rend heureuse : vous n'êtes qu'à vous-mêmes.

Répétitions, concerts, albums, tu vis dans sa musique désormais. À la maison, quand Il travaille sa technique, tu aimes regarder ses mains tirer de l'instrument des sons virtuoses cent fois répétés. Tu te dis : Ce sont ces mêmes mains qui se posent sur moi la nuit. Tu es fière. La saison culturelle reprend, et avec elle les concerts. Quand tu peux, tu l'accompagnes. Tu aimes dénombrer ses affiches à travers la vitre d'un taxi, avant d'arriver dans les grands hôtels où on le reçoit. Le soir, tu regardes le spectacle depuis les coulisses, tu sens que tu pénètres dans son monde. Parfois, il joue avec un autre pianiste la *Sonate pour deux pianos et percussions*, un morceau que tu aimais déjà avant de le connaître. La musique de Bartók te secoue comme un manège et tu suis sur le clavier les déplacements précis de ses grandes mains fines, ne sachant ce qui te bouleverse le plus.

Quand Il a terminé, tu le vois surgir du rideau, le visage luisant de sueur et l'air d'un saint en extase. Chaque soir, Il rayonne. Tu l'admires, tu le lui dis.

L'expressivité de son jeu te bouleverse, les bravos qu'Il reçoit te comblent comme s'ils t'étaient destinés. Il est heureux lui aussi : les applaudissements le nourrissent et les compliments donnent à son regard une intensité troublante. Le champagne déborde des coupes qui se tendent par dizaines, on se presse autour de lui, chacun veut le féliciter, se rappeler à son bon souvenir, raconter une anecdote. Une fois, Il t'oublie dans la loge, happé ailleurs. Tu rentres à l'hôtel comme tu peux. Quand Il te rejoint, à l'aube, tu protestes. Il s'agace, pour la première fois : quand tu l'accompagnes, Il se dit entravé dans ses mouvements. Tu digères ses paroles en silence.

Puis commencent les tournées à l'étranger. Il s'absente pendant des semaines et tu ne peux pas l'accompagner en dehors des vacances scolaires. Ça t'attriste mais tu fais bonne figure. Tu lis à nouveau, tu invites quelques amis, tu l'attends. Il arrive souvent que tu le voies à la télévision, interviewé à la sortie d'un concert ou invité dans une émission dont tu ne comprends pas un mot à part les siens. Lui ne donne jamais de nouvelles. Pas un coup de téléphone, rien. Il dit qu'il n'a pas le temps. Tu le crois. Quand Il rentre, épuisé, Il ne te raconte rien : Que veux-tu que je te dise ? Rien de spécial. L'avion, l'attente, les répétitions, les concerts, l'hôtel, c'est tout. Il ne te rapporte jamais rien, pas même une babiole achetée à la hâte chez un marchand de souvenirs. Tu te dis : Il a manqué de temps. Ou encore : tu n'es plus une gamine, ne sois pas aussi infantile avec ton désir de cadeau.

Un jour, en lui disant au revoir, tu lui fais remarquer qu'Il ne te rapporte jamais rien de ses voyages. Tu regrettes la phrase à peine est-elle sortie de ta bouche, mais c'est trop tard. Il te jette un regard amusé qui te déconcerte, avant de monter dans le taxi sans t'embrasser. Une semaine plus tard, il est de retour et te tend un petit paquet : *Tiens, j'ai rapporté ça pour toi.* Tu es touchée qu'Il y ait pensé, quoiqu'un peu étonnée. Tu te dis que tu le juges mal : il suffit que tu t'exprimes, que tu fasses part de tes souhaits. Tu ouvres le sachet et découvres cinq ou six petits flacons : des échantillons de produits pour la douche, visiblement barbotés dans de grands hôtels. Je ne sais pas où tu trouves la force de lui dire merci. Tu n'y mets même pas d'ironie : Il a pensé à toi, *tout de même.* Tu sens confusément qu'Il se moque de toi, et que la méchanceté n'est pas loin. Mais tu préfères une fois de plus regarder ailleurs, acheter la paix.

Tu remarques qu'Il te répond toujours de manière évasive. Quand tu lui demandes à quoi Il a occupé sa journée, Il dit J'avais des choses à faire. Tu lui parles de son enfance, Il soupire que c'est du passé, lointain. Finalement, tu ne sais rien de lui. Au début, ce mystère t'excitait. Aujourd'hui il t'inquiète. Car il lui arrive de mentir, au moins aux autres, tu l'as constaté. Un soir, vous venez de vous coucher, son téléphone sonne. Il décroche, voix féminine. Tu tends l'oreille malgré toi. Il dit Oui, ça va, la grande forme. Je suis à l'étranger pour un concert. Tu n'en reviens pas. Il est probable qu'il te mente à toi aussi, à l'occasion. Mais tu ne dis rien. Tu manques encore une occasion de refuser la sangle qui t'est tendue, c'est trop tard maintenant, c'est comme si tu pouvais distinguer le bruit sec du second cliquet.

Tu croyais posséder une pierre précieuse, le soupçon qu'elle soit fausse te saisit : et si c'était de la verroterie, rien de plus que du cristal coloré ? C'est beau mais ça ne vaut rien. L'escroquerie se devine, mais ça te rend tellement triste que tu décides de ne rien voir. D'ailleurs tu n'es pas diamantaire, peut-être que tu te trompes. Oui, c'est cela, tu dois faire erreur.

Le quotidien déchante, à ce qu'il te semble. Mais tu penses que c'est passager. Il faut des bas pour apprécier les hauts, c'est ce qu'on te dit. Tu dois accepter que cela frotte aux entournures de temps en temps. Les vêtements sont notamment une source récurrente de désaccords. Tu ne pouvais pas le nier, Il était toujours très élégant, mais parfois avec un soupçon de vulgarité. Un peu trop clinquant. Tu étais beaucoup plus classique, ça le navrait. Tu dépensais des sommes considérables pour tenter de renouveler une garde-robe qui ne lui inspirait que soupirs et haussements de sourcils. Tu te souviens parfaitement bien du manteau – neuf – en lainage, avec de larges chevrons gris, que tu portais lorsque vous vous étiez rencontrés. Il avait dit qu'Il ne l'aimait pas, le lendemain tu en achetais un autre. Après, tu as continué à te conformer à ses goûts. Les tiens, où étaient-ils, on n'en sait rien.

À l'inverse, ton avis ne comptait nullement. Un soir qu'Il sortait avec des amis, tu l'avais vu partir portant un jean savamment déchiré qui laissait voir le mouvement de ses cuisses, et une veste en lin sous laquelle dépassait à peine un tee-shirt très décolleté, vue plongeante sur son torse mat et ses pectoraux de pharaon. Un décolleté masculin, c'était rare, troublant, sensuel. Tu t'étais étranglée : Tu vas sortir comme ça ? Il avait ouvert la porte sans répondre.

Pourquoi. Comment. Depuis quand.

Un jour, les premiers mots armés, les phrases comme des flèches, décochées en plein milieu de la cible. Ensuite, le tunnel.

Une année vécue dans la lumière pourpre, les amours écarlates. Du moins c'est le souvenir que tu en as maintenant, tu occultes les bizarreries obscures et les mensonges flagrants. Tu ne retiens que les fulgurances, les douceurs, son visage pendant l'amour, les petits surnoms qu'Il te donnait, l'affection échappée de quelques gestes caressants. Mais un jour, un changement brusque, une fissure. Vous êtes en voiture, contraints de patienter à un feu rouge. Il s'énerve : conduire le rend agressif, mais tu te dis c'est un homme... et tu laisses faire. Ce jour-là, Il prétend que c'est toi qui l'as énervé. Il hurle, c'est la première fois. Ses cris empoisonnent l'air dans l'habitacle, tu as du mal à respirer. Son profil agacé révèle une veine gonflée serpentant sur son cou devenu rouge. Pendant que tu cherches en vain le motif de son courroux, Il ouvre sa portière et s'en va, comme ça, à travers la file des véhicules arrêtés, le dos droit, la tête haute, de sa démarche altière que tu aimes tant. Il s'en va, et tu ne sais ni où ni pourquoi.

Tu es restée sur le siège passager à hurler par la fenêtre Mais où tu vas ? Où tu vas ? Ne pars pas comme ça ! Reviens s'il te plaît, reviens ! Qu'est-ce que tu fais, reviens... À un moment toutes les voitures de la file se sont mises à klaxonner : le feu était passé au vert depuis un moment et tu criais toujours reviens !

reviens ! comme une imbécile, tu suppliais. Le gars juste derrière commençait à s'agiter, braillant à l'abri de son pare-brise. Alors tu es sortie, tu as fait le tour de la voiture par-devant et tu es allée t'asseoir à la place du conducteur. Tu sanglotais avec de grands hoquets tout en passant la première. Tu ne savais même pas quelle direction prendre, que faire de toi-même. Vous alliez rejoindre des amis, et lui, Il était parti. Les vrais tourments ont commencé. Quand allait-Il revenir ? Et s'Il ne revenait pas ? Qu'alliez-vous vous dire quand Il reviendrait ? Tu as cru qu'Il rentrerait à la maison au bout de quelques heures de ruminations furieuses. Le lendemain midi, Il n'était toujours pas reparu. Le cliquet de la sangle s'était resserré d'un cran, sans bruit. C'est là que tu as ressorti les petites pilules ovales de l'armoire à pharmacie. Juste une. Juste pour cette fois. Juste pour te détendre un peu.

Lorsqu'Il est revenu, à l'heure du repas du soir, son visage portait une expression décourageant toute velléité questionnante. Vous êtes restés silencieux pendant des heures, jusqu'à ce que tu exploses : Mais bordel tu étais où ? Qu'est-ce qui t'a pris de partir comme ça ? Il farfouillait dans l'armoire à pharmacie, Il ne s'est pas retourné quand Il a dit Si tu continues, je repars.

Glissement des mots.
Vocabulaire ciselé avec soin.
Les mots affûtés patiemment, comme le rasoir du barbier.

Quand tu rentres de tes cours, il n'y a généralement personne pour t'accueillir. Il est toujours absent, toujours parti, toujours ailleurs, sans que tu saches jamais où. Qu'est-ce que ça peut te faire, Il disait. Je suis libre, non ? Tu répondais Oui bien sûr. Au début, quand Il rentrait, Il questionnait tout de suite, la porte à peine refermée : Qu'est-ce qu'on mange ? Tu pâlissais, tu connaissais ton point faible : tu n'aimais pas faire la cuisine, d'autant plus qu'Il faisait ça beaucoup mieux que toi, quand Il voulait bien s'y mettre. Plus tard, tu ne te souviens pas quand au juste, Il dira Je suppose qu'il n'y a rien à manger ? Et parfois, résigné, *Je suppose qu'il n'y a rien à manger, comme d'habitude.*

Tu essaies de faire un effort, tu cuisines pour lui. Tu prépares le dîner, puis tu l'attends en regardant la nourriture se racornir. Tu finis par manger froid. Quand Il est là, vous vous disputez, de plus en plus souvent. À cause de ses disparitions régulières ; ou à cause de l'argent. Tout ce qu'Il gagne est aussitôt flambé, bu, parié ou distribué autour de lui. Toi, tu dois assurer le quotidien pour deux, et ton traitement d'agrégée n'y suffit pas toujours. Tu lui demandes de faire attention, Il n'a pas la moindre idée de ce que ces mots veulent dire, Il te trouve mesquine. Vous n'arriverez jamais à dépasser ces positions.

Pourtant, tu crois encore aux vertus du dialogue,

de la parole échangée. Tu te dis Prends patience, c'est une mauvaise période à passer. Tu penses que les mots ont un sens, qu'on ne peut pas leur faire dire autre chose que ce qu'ils disent. Tu mériterais la palme de la candeur.

Tu aperçois peu à peu un autre visage sous le masque de l'Ange, qui te semble parfois celui d'un étranger. Tu essaies de comprendre comment Il fonctionne, afin de lui donner satisfaction autant que tu le peux. Mais tu n'y parviens pas : Il est toujours déçu, insatisfait, irrité. Il critique tout ce que tu fais, alors tu trembles d'avance à chaque chose entreprise. Tu doutes tellement que tu en deviens maladroite, alors Il triomphe : Il te l'avait bien dit, tu ne savais pas t'y prendre. À ta place, Il aurait mieux réussi. Oui, mais Il n'essayait pas, tu le savais. Tu te gardais pourtant bien de le lui faire remarquer. Le venin qu'Il t'injecte est discret, tellement discret qu'au début tu penses te tromper. Un matin, Il te dit : Les bons agrégés vont à la fac, un jour ou l'autre, ou en classes préparatoires. Évidemment ce n'est pas ton cas puisque tu es toujours au lycée, donc tu encaisses, les épaules rentrées. Un autre jour : Tes collègues passent autant de temps que toi sur les corrections de copie? Le reproche à peine voilé ne t'échappe pas. Tu te demandes subitement si, oui, tu n'y passes pas trop de temps, si les autres ne font pas mieux et plus vite, si ta méthode est pertinente. À chaque nouvelle dose subtilement instillée, tu crois que tu interprètes mal, que tu deviens susceptible, que tu es trop fragile et que c'est ta faute : tu n'as qu'à t'affirmer plus. Ou alors tu as fort bien compris, Il t'étouffe patiemment dans ses anneaux de python. Tu ne sais plus. Tu marches sur des œufs, sur le qui-vive en permanence, redoutant le prochain reproche. Lorsqu'Il a une remarque à te faire, Il se présente de biais. Un jour, Il te dit Pourquoi tu tiens ton allumette dans ce sens-là ? Évidemment, tu restes interdite : est-ce qu'on sait pourquoi on fait les choses d'une façon et pas d'une autre? Avec une patience suspecte, Il t'explique qu'il faut la tenir verticalement pour que la flamme prenne bien le long du bois. En voiture, une autre fois : Pourquoi tu restes dans cette file? Tu hésites, tu n'as pas encore la traduction immédiate, qui serait peut-être Tu devrais te mettre sur l'autre file, si tu veux tourner. Il est trop tard pour bifurquer, Il s'énerve : Tu ne m'écoutes jamais. Désormais, tu ne supportes plus de l'entendre prononcer « pourquoi », tu rentres les épaules, courbes la nuque, tu essaies de fermer tes oreilles mais cela ne fonctionne pas. Tu sais que tu vas y avoir droit, que tu le veuilles ou non. Le triomphe, la condescendance. Le plaisir de te rabaisser, que tu constates mais dont tu ne comprends pas la nécessité.

À l'inverse, l'emploi de « pourquoi » t'est totalement interdit : si tu prononces une seule phrase commençant ainsi, Il répond le plus souvent T'as un cerveau, fais-le fonctionner! Plus tard, vers la fin, Il dira Qu'est-ce que ça peut te foutre? Tu ne fais jamais ce qu'Il attend de toi, puisque tu ne sais pas ce qu'Il veut. Quand tu crois le deviner, tu te trompes. Ses attentes sont floues, variables, obscures. Tu es toujours à côté.

S'expliquer.

Se défendre.

Se conformer, le plus possible.

Et rien n'y fait.

Tu ne sais plus où penser.

Tu passes en revue les symptômes, inlassablement. Tes pensées tournent à vide, moulinent toujours le même grain.

Ses humeurs. Changeantes, imprévisibles, comme un vent glacé s'engouffrant dans la pièce, puis disparaissant si vite qu'on croirait l'avoir imaginé – s'il ne laissait sur la peau un désagréable frisson d'hiver.

Ses absences inexpliquées, parfois jusqu'à cinq jours sans nouvelles. Au début tu comptais les heures, tu l'attendais derrière la porte comme le ferait un chien. Puis tu as appris à ne pas compter sur lui avant le lendemain, puis le surlendemain, puis à espérer que deux jours soient un record, ensuite il y a eu trois jours écoulés avant qu'Il ne réapparaisse, encore quatre l'été suivant, et à la fin de l'hiver une semaine entière : cette fois-là, tu avais pensé qu'Il ne reviendrait plus. Tu étais asséchée par trop de pleurs, portant déjà le deuil, lorsque tu avais entendu son pas dans l'escalier.

Ses sorties. Sans toi. L'attention qu'Il porte à sa tenue ces soirs-là. Le parfum dont Il s'enrobe jusqu'à l'irrespirable, comme une aura prédatrice. Le mystère dont Il s'entoure. Tu ne sais ni qui Il va voir, ni où Il se rend, ni ce qu'Il compte y faire et tu n'en sauras pas plus à son retour.

Sa voix, dont le ton change à certains appels téléphoniques. Quelque chose comme la manière doucereuse et ridicule que certains adoptent pour parler à leur animal. Il semblerait presque minauder, si ce verbe avait un sens pour un homme de sa carrure, Il fait des manières, adoucit ses consonnes et glousse presque bêtement. Bien sûr tu n'entends pas ce que l'on dit, à l'autre bout de la conversation. Au début, tu as risqué quelques questions. Tu n'as obtenu que des portes qui claquaient sur une absence s'étirant chaque fois plus encore. Il disait que c'était toi le problème, avec *ta jalousie maladive*. Pourtant, c'est la première fois que tu te sens comme ça, jalouse à en crever. Ce n'est pas un trait de ton caractère, d'habitude plutôt confiant.

À la fin, tu étais devenue ce qu'Il te reprochait d'être. Une femme jalouse, sur ses gardes, imaginant mille scénarios te torturant à chacune de ses absences. Parfois, quand Il partait à la nuit tombante, tu le suivais, avec ta voiture sans chauffage dans laquelle tu grelottais pendant des heures en bas des immeubles où Il avait disparu. Au milieu de la nuit, tu renonçais, tu rentrais au chaud, tu faisais du café. Tu ne dormais pas. Le lendemain, dans la journée, tu retournais ausculter les sonnettes, pour tenter de deviner dans quel appartement Il passait les heures qu'Il te dérobait. Tu éliminais les couples, les prénoms masculins, ne restait parfois qu'une seule possibilité, dont tu ne savais que faire. Tu songeais à venir sonner chez cette rivale supposée, tout en sachant que tu n'en aurais pas le courage. Un certain sens du ridicule te retenait encore. Et cette horreur du pathos que tu avais toujours eue, de l'hystérie, des scènes. Tu ne pouvais pas t'éloigner de toi-même à ce point. Un jour, tu racontes tout cela à une amie – et à elle seule, tu insistes –, en passant sous silence les détails gênants. Elle a, elle aussi, un compagnon dont la beauté attire les femmes par ruches entières, et tu es certaine qu'elle te comprendra. Pourtant, ton amie s'étonne de la détresse que tu lui laisses entrevoir, tant c'est un sentiment contraire qui l'anime : elle se réjouit que son homme ait du succès car c'est avec elle qu'il a choisi de vivre. Les autres femmes peuvent s'agglutiner autour, elle trouve même cela valorisant. Tu es abasourdie. Il y a donc d'autres façons de voir les choses. Tu pourrais avoir une autre attitude. Te réjouir de ta chance.

Oui, mais tu n'y parviens pas. Les jours suivants, les paroles de ton amie résonnent encore. Si tu étais plus sûre de toi. Peut-être pourrais-tu voir les choses comme elle. S'Il savait, Il dirait que ton amie lui donne raison : tout cela est bien de ta faute. Tu n'es pas positive.

Un jour, plus tard. Il est sorti sans toi, alors tu décides de sortir aussi, avec des amis. Un bar enfumé, vous poussez la porte, tu le vois assis au fond, pérorant au centre d'une tablée bruyante. Tu rebrousses chemin à la hâte, tu demandes à aller dans un autre endroit, tu as peur qu'Il pense que tu le surveilles. Tes amis n'ont rien vu, ils ne comprennent pas ce qu'ils prennent pour un caprice. L'ambiance se rafraîchit. De toute façon, tu n'as plus le goût à t'amuser. Le voir vivre sans toi t'a fait un effet glaçant. Il rit, Il s'amuse, dans un moment et en un lieu où tu n'as pas ta place. Tu penses aux concerts, où tu ne l'accompagnes plus depuis qu'Il t'a fait comprendre que tu l'encombrais. Au début, tu trouvais cela injuste. Frustrant et injuste. Puis tu t'es dit qu'au moins tu ne verrais plus ce qui se passe, toutes ces femmes en robe noire décolletée qui bataillent pour lui glisser du bout des doigts un numéro de téléphone plein d'espoir. Un jour, tu avais quand même insisté : c'était dans le Sud, ça te ferait plaisir d'aller voir ta sœur par la même occasion. Il avait bougonné, Il fallait qu'il reste disponible pour les journalistes, les spectateurs, sans avoir à se préoccuper de *ton attitude refroidissante*. Tu avais renoncé.

Ce soir-là, Il rentrera à cinq heures du matin, bien après la fermeture du bar. Dans un demi-sommeil contrarié, tu te demanderas, comme machinalement, ce qu'Il avait fait pendant tout ce temps-là.

Quand Il ne rentre pas du tout, c'est pire. Il faut bien qu'Il ait passé la nuit quelque part. Tu te demandes où. Avec qui. L'imaginer dormir avec quelqu'un d'autre te révulse, penser qu'une autre main que la tienne puisse effleurer son épaule ensommeillée te rend malade. Parfois tu dois te lever pour vomir. Tu te recouches sans conviction. Le goût acide dans ta bouche se répand, c'est tout ton corps qui est rongé par le fiel désormais.

Douter.

Douter de tout, douter du doute même.

Douter des choses entendues, des intentions obscures, des mots à double tranchant. Douter de ce que l'on comprend. Douter de soi-même, ne plus voir que les fragilités, les manques, les à-peu-près. S'effriter. Se dissoudre. S'affaisser doucement, comme une toile de parachute après le retour au sol.

Tu n'en parles pas, tu n'oses pas. Tu n'es pas sûre. Ce que tu lui reproches te semble si fragile, des mots, des phrases, des intonations pénibles, des sourires douteux, des sourcils haussés.

Tu découvres ce qu'est l'ironie, avec toutes ses nuances. Lorsqu'Il t'accuse et que tu te justifies pauvrement, Il dit Tu as raison avec un sourire oblique. Lorsqu'Il n'est pas d'accord avec une chose que tu as faite ou une parole que tu as prononcée, Il grince C'est bien, continue comme ça. Parfois, quand le temps est meilleur et que tu tentes une plaisanterie, Il s'esclaffe Ha Ha ! Quel humour ma chérie, qu'est-ce que tu es drôle. Tu n'en peux plus de ses discours ambigus, tu lui demandes d'arrêter de se moquer, Il se récrie : Tu interprètes. Tu insistes : tout de même, il y a ce ton grinçant. Tu vois le mal partout, attention à la paranoïa ma pauvre petite... Il sort de la pièce en soupirant.

Par hasard, en préparant tes cours, tu tombes sur un auteur citant les Jésuites : L'ironie est un manque de charité. C'est bien ce qu'il te semblait.

Tu as peur qu'on te dise que c'est toi qui a un problème, trop facilement piquée, trop à décortiquer les mots. Il est tellement charmant, en dehors du huis clos de l'appartement. Tes amis ne voient rien. Parfois une raillerie lui échappe, Il se reprend alors habilement : Je plaisante Ah ah ah ! Alors tu ris aussi – Ah ah ! – pour sauver la face. Rien ne transpire. C'est même tout le contraire : à le voir si enjoué, si gentil, si drôle, et à comparer avec ta mine grise et tendue, avec tes paupières gonflées et tes silences boudeurs, tes amis commencent à trouver qu'Il a de la patience. Tu ne remarques rien, tu crois avoir le beau rôle. N'osant pas parler à tes amis, tu tentes de les prendre à témoin, portant en bannière ces yeux rougis et cette mine pitoyable. Lui est furieux quand une dispute éclate en public, toi tu jubilerais presque : Regardez ce qui se passe cries-tu en silence à tes amis sourds. Mais tu es installée dans l'erreur, bien à l'aise, comme dans une paire de chaussures confortable.

Un dimanche de juin. Une belle journée, un ami va venir vous chercher pour aller au théâtre. Tout va bien. Une accalmie. Tu te prépares, tu chantonnes. Il entre dans la chambre et te dit froidement : Tu as l'air d'un sac, habillée comme ça. Tu protestes, tu demandes ce qui ne va pas dans ta tenue, Il s'énerve, Il sait mieux que toi, Il en a marre que tu sois toujours fagotée, tu lui fais honte. Tu pleures. Ça dégénère, tu ne sais même plus dans quelle direction. L'ami qui vous emmène sonne au portail. Vous descendez l'escalier en silence, toi la larme à l'œil, lui l'air mariole. Tu grimpes à l'arrière, l'ami te voit dans le rétroviseur et soupire distinctement :

Ça commence bien. Tu es sidérée. Tu croyais – tu espérais, sois honnête – que ton ami allait te plaindre. Au lieu de cela, tu vois bien que tu l'agaces. Ça te semble le comble de l'injustice.

Un samedi, Il sort – sans toi – avec des amis que tu lui as récemment présentés. Tu t'en étonnes. Tu n'es pas invitée dit-Il en se préparant. C'est faux mais tu l'ignores. Tu crois que tes amis t'abandonnent, tu rumines ta tristesse devant un café qui refroidit sans que tu songes à le boire. Le dimanche matin, Il n'est toujours pas là. Dix heures. Tu tournes en rond dans l'appartement, et dans ta tête aussi. Onze heures. Tu essaies de l'appeler, répondeur. À midi, Il arrive, lumineux et désinvolte : J'avais bu un peu trop, j'ai dormi dans ma voiture. Pas un pli déplacé ne dépare pourtant son costume de lainage fin, pas de mèche folle parmi ses cheveux impeccablement maîtrisés, haleine fraîche. Il te ment, admets-le enfin.

Tu ne comprends pas ce qui s'est passé, ça te rend dingue, alors tu trouves enfin le courage d'en parler. Tu découvres l'invitation qui ne t'a pas été transmise : on s'était étonné que tu ne viennes pas, Il avait prétendu que tu ne te sentais pas bien : Vous savez comment elle est... Les amis avaient ri machinalement :

ton hypocondrie était un sujet de plaisanterie récurrent. Pourtant, ce soir-là ils avaient trouvé un parfum étrange à ton absence et à ses paroles. Mais personne ne t'avait appelée le lendemain pour dissiper le malaise. La gangrène menaçait autour de toi, tu le découvrais.

Tu peines à trouver comment te situer, de quelle façon, à quelle distance.
Tu remâches de vieilles humiliations.
Tu vomis de la colère.
Mais c'est peut-être de ta faute, depuis le début.

Maintenant que la digue est rompue, le flot se répand sans mesure. Rien ne l'arrête. Tu inondes tes amis de tes plaintes, ils compatissent, tout en te disant que tu dramatises sans doute un peu trop. Ils te recommandent la patience. Tu n'oses pas dire que tu n'en as plus.

Tu les fatigues, puis avec le temps tu les noies, ils n'en peuvent plus, leurs oreilles se détournent. Quand tu abordes le sujet, tu devines le *Encore !* exaspéré qu'ils ne prononcent pourtant pas. Tu ne sais plus à qui parler qui ne soit déjà lassé par avance. Tu retournes au silence.

Parfois, le découragement contamine tes pensées. À chaque dispute nouvelle, l'envie de renoncer fait son chemin. Tu te tais un peu plus longtemps. Tu sembles ailleurs, presque détachée. Il s'en rend compte, Il retrouve le visage de l'Ange. Les trompettes du paradis résonnent alors à nouveau, quelques jours, parfois quelques semaines. Tu reprends espoir.

Un après-midi, tu réunis quelques collègues : vous avez le projet d'inviter un écrivain à rencontrer vos élèves. On te demande où est l'artiste, tu aimerais avouer que tu n'en sais rien, te mortifier, mais tu te contentes de dire qu'Il n'est pas là. Tu ne l'as pas prévenu que tu aurais de la visite, tu as oublié, mais cela n'a pas d'importance, ton emploi du temps ne l'a jamais intéressé.

Vous discutez autour d'une tarte aux pommes lorsque tu entends la porte palière s'ouvrir. Il entre dans la cuisine, très raide, et demande à tes collègues de partir : J'ai le droit d'être tranquille chez moi, tu aurais pu m'avertir. Un silence consterné s'éternise. Tu bredouilles, tu te justifies ou du moins tu essaies. Tu dis que c'est chez toi aussi. Il hausse le ton, tes amies commencent à ranger leurs affaires. Tu ne sais pas ce qui te serre la gorge exactement : la stupéfaction ou la honte. Tu décides de partir avec les autres, c'est le moins que tu puisses faire après leur avoir infligé cet affront. Dans la voiture, le silence encore, lourd. Tu conduis, tu demandes faiblement Où est-ce qu'on va ? Personne ne répond, puis tu entends une voix venant de l'arrière : *Comment tu fais pour supporter ça ?*

Au retour, tu sais que le plomb de la dispute t'attend. Pourtant, tu te sens plus troublée qu'inquiète : tu comprends que les choses ne sont pas normales, on vient de te le dire. C'est comme une écaille de bois dans une palissade opaque. La paroi est solide, mais attaquée, pour la première fois.

Quand tu ouvres la porte, c'est pour découvrir un appartement désert. Après le soulagement, l'attente à nouveau. Cette fois, Il ne reviendra pas avant cinq longs jours.

Articule quand tu parles, Il disait, je ne comprends rien. Alors tu répétais, un peu plus fort, tout en te haïssant d'être si docile. Ça ne te ressemblait pas. Tu ne te reconnaissais même plus. Tu avais toujours eu du mal à dire non, mais là tu battais des records, ma pauvre fille. Tu avais abdiqué depuis longtemps toute envie personnelle, dans ton désir maladif de lui plaire, de le garder auprès de toi, d'empêcher le désastre de son départ. Tu ne voyais plus tes amies, parce qu'il ne les appréciait guère, quand il ne les mettait pas dehors. Tu avais repoussé tout le monde. Tu avais renié ceux que tu aimais, trois fois avant l'aube. Le paradis n'était plus qu'un souvenir ténu ou une promesse improbable. Tu t'étais reniée aussi, tu le savais, mais tu ne voyais pas comment tu aurais pu empêcher cela : les choses s'étaient mises en place petit à petit, comme dans un puzzle immense dont on ne discerne pas tout de suite le motif. Et maintenant tu ne peux plus le nier : c'est l'enfer qui est là. Vivre deux jours sans querelle est devenu un horizon inatteignable. Il te faudrait de l'aide, mais où ? Comment ?

Tenter de conjurer le mauvais sort embusqué sous les mots.

Quand Il n'était pas là, tu ne dormais pas, tu te demandais ce qu'il faisait et avec qui. Toute la nuit. Quand Il était là, tu ne dormais pas non plus : vous vous disputiez chaque soir. Alors, tu es de meilleure humeur qu'hier? susurrait-Il, doucereux, en entrant dans la cuisine au matin. Tu serrais les dents. Tu pensais : Je deviens folle. D'ailleurs, c'est bien ce qu'Il avait sous-entendu lors de votre dernière empoignade : Tu devrais aller te faire soigner, ma petite.

Il avait tout de suite vu tes failles, dès le premier soir, dès la première minute peut-être, pendant que tu le regardais, en adoration déjà. Il s'y était engouffré.

Tu le comprends enfin.

Mais quelles failles au juste? Où colmater? Que repriser? Avec quel baume, quel pansement, quelle suture?

En tout cas, Il avait gagné : tu le savais désormais, tu ne valais rien. Tes qualités, disparues, invisibles ou transformées en défauts. Ton énergie, dissoute. Tes amis et tes collègues, devenus sourds et impatients, fatigués de tes litanies.
Tu es seule et tu te détestes. Tu bois des litres de café.

Vous ne faites plus l'amour depuis longtemps mais ce n'est pas ça qui te dérange. C'est ce non-regard qu'il promène sur toi, de ses prunelles d'obsidienne qui se détournent. Ce sont ces non-conversations quotidiennes : *Tu as faim ? - Bof.* Ces non-gestes d'affection. Cette tension permanente, dans la crainte d'un mot de trop, celui qui ruinerait la paix de pacotille que tu essaies lâchement d'acheter, jour après jour.

Tu ne sais plus du tout ce que ça veut dire, pourtant tu sais que tu l'aimes encore.

Absence de mots.

Les échanges, rares.

Chacun dans son allée parallèle, peu de carrefours.

Mais tout vaut mieux qu'un mot échappé, trop hâtivement prononcé.

Tu voudrais le quitter parfois, juste une idée, un vague sursaut. Mais imaginer qu'Il se consolerait rapidement avec une autre te donne envie de vomir. Vous vivez chez toi, le quitter ce serait le chasser et tu sais que tu n'en auras pas le courage. Alors tu décides de ne rien décider.

Tu te tais de plus en plus, parler est trop dangereux. Tu ne possèdes pas les mots, les mots qu'il faudrait. Tu n'arrives pas à nommer ce qui est là. Ce que tu ressens. Tu es toujours à côté. Tu supplies quand il faudrait tenir. Tu pars quand il faudrait rester. Tu résistes quand tu devrais consentir à l'écoute. Tu te justifies croyant t'expliquer. Tu donnes trop de détails dont Il se moque. Tu n'en donnes pas assez alors Il te presse. Trop de mots, ou pas assez, et jamais quand il faut.

De toute façon, les mots, ceux que tu prononces devant lui, ne servent de rien. Ils sont retournés contre toi, comme des gants de latex lexical. Tu as toujours tort. Au ping-pong des phrases, Il est beaucoup plus fort que toi. Garder le silence est la seule chose que tu puisses faire, mais ce n'est pas facile. Tu n'y parviens pas tout le temps.

Tu t'étioles, tu te dessèches.

Tu maigris, tu fonds, tu te dissous. Ton corps disparaît, comme pour s'excuser. Tu existes de moins en moins.

Renoncement, reddition.
Ou alors
Exister.
Faire des choix.
Oui, mais lesquels ?

Tu tournes en rond, accablée, comme un poisson pris dans une nasse. Tu voudrais fuir, tu te cognes contre le grillage, tu cherches l'issue. Tu étouffes.

Un samedi de juin, tu pars faire les courses. Il ne t'accompagne pas, j'ai mieux à faire, dit-Il, comme à chaque fois. Tu entends que ton temps à toi n'a pas la même valeur que le sien mais tu renonces à en débattre. Au premier feu rouge, tu te sens mal. Un malaise diffus, les jambes faibles bien que tu sois assise. Une sensation de vide derrière tes yeux, l'impression d'un vertige discret, d'une spirale froide qui t'aspire. Au carrefour suivant, cela empire, tu fais demi-tour. Tu espères avoir le temps d'arriver chez toi avant de défaillir. Tu montes les cinq étages le souffle rare, tu t'agrippes à la rampe, tu ouvres la porte d'une main moite, tu te précipites vers le canapé où tu t'écroules, hagarde. Du fauteuil où Il est assis ne monte aucun son. Il lit. Il fait mine de ne rien remarquer. Tu hoquettes : Je crois qu'il va falloir appeler une ambulance. Il lève vers toi un regard amusé : *Ah bon?* Tu insistes, te sentant presque ridicule : Je me sens mal, je vais m'évanouir... Il reprend sa lecture, tourne une page : *À mon avis c'est juste une crise d'angoisse.* Tu es sidérée. Il ne s'affole pas, ne s'inquiète pas pour toi, ne t'écoute pas, n'appelle personne. La crise passe. Ce diagnostic – effectué sans même te regarder – s'avérera par la suite parfaitement exact, ce que tu ne parviens pas à t'expliquer. À moins qu'il n'ait déjà vécu tout cela, tout ce cirque depuis le début, avec quelqu'un d'autre, penses-tu un instant.

Une nuit, les vertiges reviennent et te plaquent au matelas sans discontinuer. Tu penses que tu vas mourir mais tu essaies d'attendre le matin pour appeler ton médecin, tu ne veux déranger personne. À huit heures, Il se lève, tu lui demandes de téléphoner. Le médecin arrive, tu racontes, il semble contrarié – tu ne comprends pas pourquoi – puis il te prescrit des tranquillisants et te conseille de passer le voir à son cabinet. Seule.

Quelques mots indistincts échangés dans le couloir, tu n'entends pas bien depuis ton lit. La porte palière se referme, Il revient dans la chambre : *Qu'est-ce que tu lui as raconté ?* Tu bafouilles. Une colère froide déforme son regard : *Si j'avais su que tu allais lui parler de nos histoires, je ne l'aurais pas fait venir.* L'absence d'empathie, absolue, brutale, te fait l'effet d'une gifle. Tu n'existes pas, lui seul compte, avec son orgueil et les apparences à protéger. À moins qu'Il ne redoute la fin du secret ? Tu sens confusément que quelque chose vient de se passer, mais tu ne sais pas très bien quoi. L'écaille de bois s'agrandit dans la palissade, un trou se forme. Une faible lumière se devine de l'autre côté.

Tu ne t'en rends pas encore compte, mais le sortilège commence à perdre de sa puissance depuis qu'il a été éventé. Le silence, l'isolement, et les paroles perfides sont nécessaires pour qu'il s'accomplisse. Maintenant que les non-dits s'effritent, que ta solitude se rompt et que l'opacité recule, ton salut est en marche. Vous l'ignorez cependant, l'Un comme l'autre.

Les gens comme toi...

Comment ça, comme moi ?

Fragiles.

Les couperets, les jugements. Les mots qui s'incrustent sous la peau.

Tu entrevois la vérité : il n'y a pas de solution possible, pas de pansements pour les plaies, pas de secours à espérer, pas de fin heureuse. Croire que tout cela va un jour s'arranger, comme par miracle, est un leurre. Tu le comprends et cette découverte fait un bruit de soie qu'on déchire. Tu n'as qu'une seule chose à faire et tu sais très bien laquelle. Mais tu ne parviens pas à t'y résoudre. Pas encore.

Tu vois bien ton corps qui se désagrège, ta vitalité qui renonce, tes pensées qui tournent en une noria résignée.

Tu vois bien ce qu'il te reste à faire, mais tu résistes. Désormais tu as des vertiges quand tu entends sa clé tourner dans la serrure. Devoir l'affronter est devenu insurmontable. Tu as peur, sans savoir de quoi exactement : Il n'a jamais levé la main sur toi. Parfois tu te demandes si ce ne sont pas des vertiges de lâcheté que tu éprouves : incapable d'agir, tu laisses ton corps parler pour toi. Et Dieu sait qu'il parle : insomnies, dos ployé, estomac volcanique et le sang de la migraine qui bat à tes tempes un jour sur deux.
Ton corps parle et tu le laisses faire. Le médecin, que tu revois, te traite sans ménagements : tu dois te secouer. Il te dit : Quand allez-vous vous décider à être heureuse? Tu le trouves un peu intrusif,

mais tu ne le contraries pas. Au lycée, on tire la sonnette d'alarme, les élèves t'irritent, l'énergie te manque pour tenir tes cours, tout projet te démotive, le proviseur te convoque. Un congé, peut-être, te ferait du bien. Tu es en train de tout perdre, avec ton estime de toi qui a déjà sombré depuis longtemps. Tu te demandes où se trouve le dernier cliquet de la sangle, si tu l'as dépassé ou pas encore atteint. Tu te demandes comment évaluer la patience qui te reste. La santé qui te reste. Tu changes une fois de plus toute ta garde-robe, plus rien ne te va, trop large, tout flotte.

Un soir, Il rentre tard, comme d'habitude. Tu ne dors pas. Lorsqu'Il pénètre dans la chambre, tu sens venir les premiers signes. Fourmis aux pieds, sueur aux omoplates, te voilà collée au matelas par un vertige nauséeux qui te visse à l'envers. Écoute ton corps, pour une fois. Il n'en peut plus de cette sensation visqueuse, il veut l'apaisement. Tu dois l'aider, supprimer la cause des vertiges, sinon il va se disloquer et toi avec. Tu dois rompre, ton corps le sait, lui. Tu te jettes dans ta phrase comme dans un précipice et, avant qu'Il n'ouvre la bouche, tu lui demandes de partir. Pour quelques jours, ajoutes-tu lâchement. Tu as besoin de faire le point. Tu te sens ridicule à prononcer ce cliché, mais peu importe. L'essentiel est qu'Il s'en aille. À ta grande surprise, Il ne crie pas, ne discute pas, ne pose aucune question. Il a même l'air triste, Il t'embrasse, avec ce qui ressemble à de la tendresse. Puis Il emballe quelques affaires et s'en va.

Le silence retrouvé souligne les bruits de ton cœur cognant au maximum. L'idée de la douleur à venir te terrorise. L'absence, le silence, les souvenirs. Pour l'instant, l'anesthésie fonctionne, mais cela ne va pas durer, tu le sais. Tu pars te réfugier chez une amie, téléphone éteint. Tu as peur qu'Il essaie de te faire changer d'avis, qu'Il insiste et que tu cèdes. Tu as peur aussi qu'Il n'appelle pas, qu'Il accepte trop facilement. Tu ne sais pas ce que tu veux. Tu ne dors pas pendant des jours, tu ne manges pas non plus, le médecin revient. La dose augmentée de tranquillisants t'assomme, tu ne garderas aucun souvenir de ces quelques semaines. Un jour, tu rallumes ton téléphone, où tu découvres des dizaines de messages : Il s'inquiète. Enfin ! Mais c'est trop tard, cela ne te fait même pas plaisir. Tu te dis, et c'est comme si cela t'échappait, Tu vois qu'Il t'aime, finalement... Mais tu chasses cette idée du mieux que tu peux. Le plus dur est fait, maintenant il faut tenir.

Tu ne sais pas comment mais tu finiras par lui dire que tu le quittes. Complètement. Définitivement. Absolument.

Il était temps. Devenue agoraphobe, tu n'arrives même plus à aller faire tes courses sans la présence d'une amie. Tout vacille autour de toi dès que tu franchis le seuil de ton immeuble. Tu décides d'aller voir un thérapeute. Le rendez-vous pris, tu penses tout à coup *Et j'ai deux fois vainqueur traversé l'Achéron*. Le vers répété dix fois, vingt fois, te fait l'effet d'un fouet de velours. Tu n'as pas relu ce poème de Nerval depuis longtemps, et pourtant il est là. Tu penses Merci Gérard ! et un fou rire te prend. Tu réalises que tu n'avais pas ri depuis des mois.

Tu l'as toujours su. Tu n'es pas fragile. Les choses te touchent, te minent, te plaquent à terre, mais ne te détruisent pas. La seule destruction, c'est la mort et tu n'y penses pas.

Les mots, droits dans la cible. Ils ébranlent, creusent une place pour le doute, les questionnements. Mais il suffit d'en convoquer d'autres, pour allumer des contre-feux : temps, distance, estime, confiance. Acceptation. Détachement. Répète ! Encore !

Douze ans plus tard, tu le revois. Une rue étroite, au cœur noir d'une ville charbonnière. Tu es venue voir une amie danser, la journée tu visites. Tu lèves les yeux de ton plan, et Il marche dans ta direction, à quelques mètres. C'est ton corps qui réagit en premier, tes jambes songent à faire demi-tour, pendant que ta tête hésite. Mais Il est déjà devant toi, souriant et léger. Il te parle, ses lèvres remuent, tu n'entends rien. Pour faire quelque chose, tu ris, assez faussement à ce qu'il te semble. Il s'en aperçoit, l'amusement traverse ses prunelles. Tu parviens à articuler quelques phrases banales, Il te répond, et cette fois le son de sa voix te parvient, tu t'aperçois qu'il t'émeut toujours autant. Quelque part, sous l'estomac. Comme avant. Déjà Il t'embrasse, Il n'a pas le temps, Il s'éloigne. C'est terminé. Toujours aussi godiche, ma fille. Et lui toujours aussi beau.

Ce qu'il te faut, c'est une cigarette. Voilà ce que tu te répètes en rejoignant ton hôtel, alors que tu ne fumes plus depuis longtemps. Ou alors un verre.

Dans le silence de ta chambre retrouvée, tu respires. Tu penses au chemin emprunté à grand-peine, parcouru patiemment. Aux bifurcations incertaines où tu piétinais. Tu ne regrettes rien.

Dans le train du retour, tu tentes en vain de retrouver un poème de Mallarmé, dont seuls les premiers vers te reviennent : *Si tu veux nous nous aimerons Avec tes lèvres sans le dire...* Le trajet s'achève et tu ne sais toujours pas quel mouvement domine, une nostalgie absurde, ou la joie éprouvée, un élan vital ébranlant chacune de tes cellules.

Trois jours après, tu as toujours en tête son sourire à ton approche, le son de sa voix prononçant ton nom, le contact de sa main sur ton bras. Tu mesures la puissance du lien, encore solide malgré le temps, la distance et les déchirements. Un amour autrefois rugueux comme une laisse – cuir noir et clous cabossés –, devenu avec le temps léger comme un fin collier d'or. Depuis la rencontre, tu sens que tu le portes à nouveau et que ce contact est doux. Tu sais très bien ce que tu ferais, s'Il te regardait à nouveau avec le flamboiement du désir. Tu brûlerais.

Tous mes remerciements à Pierre Christophe, impitoyable relecteur et néanmoins ami…

Bibliographie

Romans

Débarquer, Éditions Gérard Louis, 2018.

La Fuite, Éditions Envolume, Paris, 2016.

La Bonne Distance, Éditions Envolume, Paris, 2014 - 2e éd. augm. 2015.

Le Nœud de pomme, La Valette Éditeur, 2013.

E-books

Duetto Christian Bobin, Éditions Nouvelles lectures, Paris, 2016.

Duetto Michel Houellebecq, Éditions Nouvelles lectures, Paris, 2015.

Nouvelles et prix

Le Dictionnaire, in Crève Suzette, recueil collectif, Éditions de la Pigne, 2016.

Au Centimètre près, Éditions de l'Iroli, 2014, premier prix du concours 2014.

La Polygraphie du cavalier, premier prix du Concours Don Quichotte 2012.

Monographie

Moi intime, je public, Rarès Victor, partie biographique d'une monographie d'artiste, Éd. d'art Somogy, Paris, 2013.

Ouvrage achevé d'imprimer en Espagne
par l'imprimerie Ganboa.

www.editionsenvolume.com
https://www.instagram.com/editions_envolume

101, rue du Cherche Midi, 75006 Paris, France

Dépôt légal : septembre 2021
ISSN : 9782371141049
Diffusion/Distribution : Dilisco